Dans les yeux de Cassandre
Nouvelle

© 2021 Cassandre de Leonvago

Édition : BoD – Books on Demand,
12/14 rond-point des Champs-Élysées, 75008 Paris
Impression : BoD - Books on Demand, Norderstedt, Allemagne
Illustration de couverture : Claudia Clemente

ISBN : 9782322377503
Dépôt légal : juillet 2021

Cassandre de Leonvago

Dans les yeux de Cassandre

Nouvelle

Dans les yeux de Cassandre

« À l'Amour pur et innocent. À l'Amour qui dure et traverse le temps.

Ai-je eu besoin de tant d'audace pour me détruire et tant d'outrages pour me construire ! »

Cassandre de Leonvago

« Ô temps ! Suspends ton vol, et vous,
heures propices ! Suspendez votre
cours : Laissez-nous savourer les
rapides délices

Des plus beaux de nos jours !

Assez de malheureux ici-bas vous
implorent,

Coulez, coulez pour eux,

Prenez avec leurs jours les soins qui les
dévorent

Oubliez les heureux.

Mais je demande en vain quelques
moments encore,

Le temps m'échappe et fuit,

Je dis à cette nuit : Sois plus lente, et
l'aurore

Va dissiper la nuit.

. . . . . . .et dans l'aspect de tes riants coteaux,

Et dans ces noirs sapins, et dans ces rocs sauvages

Qui pendent sur tes eaux.

Que le vent qui gémit, le roseau qui soupire,

Que les parfums légers de ton air embaumé,

Que tout ce qu'on entend, l'on voit ou l'on respire,

Tout dise : Ils ont aimé ! »

Le Lac, Lamartine, 1820

« Surveilles ton regard, Cassandre ».
S'il n'y avait nul besoin de me
rappeler à l'ordre concernant mon
langage, il en allait autrement de
mes yeux : Toutes mes émotions s'y
dévoilaient.

C'est ainsi que j'ai appris à baisser la
tête afin d'éviter qu'on ne me lise.

J'étais une enfant obéissante et
respectueuse. J'avais peu d'amies :
Certaines m'utilisaient comme faire-
valoir, d'autres profitaient de ce
semblant d'amitié pour m'étudier de
près et saisir la formule magique qui
faisait de moi la compagnie préférée
des jeunes hommes.

Je savais être drôle, joyeuse,
indifférente aux remarques acerbes,
je me tenais droite dans mes souliers
et tenait à distance toute tentative
d'irrespect envers moi.

Les discours sur la dernière mode de
Paris me fatiguaient vite. Je préférais
m'intéresser aux aventures
rocambolesques de la gent
masculine : Le récit de leurs courses
effrénées à travers champs, leurs
batailles impitoyables en amour
comme à la guerre, leurs commerces
qui allaient les rendre fameux ou

fortunés et leurs avis cruels mais justes à l'encontre de ces demoiselles.

Ils me trouvaient belle, bien élevée, intelligente, à tel point qu'aucun n'osait me faire la cour.

Comment trouver un amoureux dans ce panier de crabes ?

J'aimais vraiment la compagnie de ces amis; d'ailleurs je les aimais bien aussi.

Mais aucun je n'aimais vraiment.

Je restais pensive, le Lac de Lamartine et mon futur incertain entre les mains.

Je m'appelle Cassandre de Leonvago.

A dix-sept ans, ni le temps qui fuit ni l'espace n'eurent plus jamais d'importance....

Chapitre 1

Eté 1861, Le Lac

« Quel bonheur de respirer un air où elle danse », se dit Eugène en regardant Cassandre virevolter dans les bras de son cousin Joseph.

Il la fixe, l'air sombre.

Un seul homme parmi les convives pressent ce qu'Eugène projette de faire. Cet homme, Otto Ritter, est l'époux de Cassandre depuis tout juste un an. Les épousailles en grande pompe ne servaient que ses propres intérêts, plongeant Cassandre dans un abîme sans fin et un chagrin immense.

Il l'a connue par accident lorsqu'elle n'avait que 16 ans, un accident qu'il aurait pu éviter s'il avait eu un peu d'éducation et d'élégance. Il a tissé sa toile sans jamais lever les yeux de son plan machiavélique.

Les parents de Cassandre avaient fait leur possible afin que ce mariage se fasse dans les règles de l'art pensant que les imperceptibles acquiescements de Cassandre sur le bien-fondé de cette union valaient un « oui, je le veux ».

Ils avaient simplement oublié de la regarder dans les yeux et restaient persuadés que Cassandre avait donné sa voix.

Eugène a connu Cassandre un peu avant, ils étaient tous deux des enfants et s'appréciaient plus qu'on ne soit capable de le faire à ce jeune âge. Ils s'étaient comme reconnus, mais ne se posaient pas de questions.

La musique s'arrête et voilà qu'un inconnu s'approche de Cassandre.

Elle sourit, rougit, lance des regards inquiets vers l'endroit où Otto se tient puis un regard tendre vers Eugène.

Ce dernier s'approche : « Bonsoir, Monsieur, nous n'avons pas eu l'honneur d'être présentés ? Eugène de Velasco.

- Je suis honoré : Charles de Bouzac ».

- Voulez-vous m'accompagner ? lança Eugène à l'inconnu. Allons-nous rafraîchir les idées et discuter un peu sur le grand balcon; de nuit la vue est à couper le souffle et donne

des envies de s'en aller loin d'ici :
Peut-être aurez-vous cette chance ? »

Cassandre qui connaît parfaitement
l'ironie des propos d'Eugène, est
inquiète. Charles suit Eugène après
avoir pris congé de la belle
Cassandre.

Eugène dépose un baiser sur sa main
et sans un mot de plus, tourne les
talons.

Otto saisit Cassandre par le bras :

« Ne sais-tu donc pas garder ta
place ? Tu es une femme mariée,
avec moi de surcroît et que cela te
plaise ou non ne change rien : Tu me
dois le respect et cela suppose que tu
restes digne, je te défends de me faire
passer pour un idiot ! Je rentre, rien
n'est intéressant ici, ni les gens ni le
buffet ».

Cassandre, habituée à ses violences verbales ne prête pas attention aux propos désobligeants et vulgaires de son époux. Son attention est entièrement captée par ce qui se déroule sur le grand balcon et qu'elle peine à comprendre.

Soudain Charles fait irruption dans la pièce, le regard colérique et s'approche de Cassandre :

« Votre époux Madame est très nerveux et très protecteur, je ne peux pas lui en vouloir.

- Mais ce n'est pas mon époux Monsieur...

- Et bien laissez-moi vous informer qu'il n'est pas du même avis, Bonne nuit Cassandre ».

De là où elle est, Cassandre, pétrifiée, peut voir Eugène lui adresser mille sourires avant de disparaître par-dessus la balustrade du balcon extérieur.

Elle était habituée à ses frasques mais elle ne peut contenir sa peur. Le grand balcon est situé à plusieurs mètres du sol.

Elle se précipite dehors et cherche Eugène, se penche autant que possible et lui adresse des remontrances:

« Remontes voyons, tu as manqué de te briser les os !

- Je ne peux pas, dit-il, montrant du doigt l'exploit qu'il vient d'accomplir et qui le sépare d'elle.

- Par les marches, voyons !

- Non toi descends Cassandre, lui dit-il en tendant les bras pour la rattraper.

- Je ne peux pas, c'est bien trop haut,

- Par les marches alors, soupire-t-il.

Cassandre descend le grand escalier, Eugène la soulève dans les airs.

- Mais que fais-tu ? Questionne Cassandre

- Je vais récupérer mon destrier, Princesse.

Il saute sur son cheval et l'emporte dans sa fuite.

-Tu es fou Eugène !

- C'est ce qu'on dit ma Dame, je suis fou, mais de vous !

Les voilà partis au galop dans l'obscurité que seul vient éclairer une lune ronde et blanche et quelques étoiles.

-Que fais-tu, ou vas-tu ? S'inquiète Cassandre.

-Nous construire des rêves ma chérie, ils seront le refuge lorsque tout s'écroule, là où tu me trouveras toujours pour regagner les forces qui fatalement viendront à manquer dans les jours les plus sombres de nos vies.

- Mais ils vont nous chercher ?

- Justement ça les occupera, leur vie est si triste.

- Mais mon époux sera en colère !

- Après cette nuit, sa colère n'aura plus jamais la même importance mon coeur.

Après quelques kilomètres parcourus dans ses bras, le cheval s'arrête net. Devant eux, la lune semble avoir grossi et éclaire un lac tout d'argent vêtu. L'été est vivant et Eugène magnifique.

-Viens Cassandre, viens te baigner et laver toutes tes blessures.

Hésitante, elle commence à ôter sa grande robe et timidement s'avance dans l'eau. Sentant que celle-ci l'apaise, elle y plonge complétement.

Elle sort la tête de l'eau juste au niveau du visage ruisselant de son ami d'enfance qui la serre de toutes ses forces.

- Je veux te soulever jusqu'au ciel ! dit Eugène.

-Tu n'es pas assez fort !

- Mais mon amour l'est ! répond Eugène en lui caressant le visage.

- Cassandre, fermes les yeux et apprends- moi par coeur, souviens-toi de cette nuit chaque fois que tu désespères ou que les cris sont trop forts, chaque fois que tu es à genoux, fermes les yeux et je serai là, toujours. Cassandre, nous n'avons rien mais nous avons tout : Je te promets mon amour infini, ne doutes jamais de ma présence même si tu ne me vois pas. C'est dans mon coeur que je te garde, tu es mon âme, ma force et mon répit lorsque je tombe. Si tu prends soin de toi, tu prends soin de nous. Ce qui ce soir a pris vie, nul ne pourra le briser. Peu importe la distance, le silence, les années, je te retrouverai pour te soulever jusqu'au ciel.

Mon Amour, fermes les yeux lorsque tout tremble et dessine sur ton visage un beau sourire comme si tu me le destinais. Après notre nuit, il te blessera encore mais tu t'en moqueras. Tu es vivante Cassandre, vivante dans mon coeur, mon corps et mon âme, plus rien d'autre n'a d'importance....Rien ».

Est-ce que ce sont des larmes sur le visage d'Eugène ? Des sanglots qui brisent sa voix ? Elle ne saurait le dire mais, le coeur au bord des lèvres, ils restent là une éternité, suspendus dans la force de cet amour qui n'en finit pas de grandir à mesure que la nuit avance.

« Il faut rentrer mon Amour, il nous faut partir et souviens-toi : il te blessera encore mais tu t'en moqueras ».

Cassandre passe le plus clair de son temps les yeux fermés et le sourire aux lèvres. Elle n'a toujours pas appris à maquiller son regard.

Celui-ci crie toute sa peine presque aussi fort que les cris incessants d'un Otto en colère, plus inquiet pour son orgueil que pour le reste.

A la fin de l'été 1862, Cassandre voit l'immense bonheur de danser sous la pluie avec Eugène se réaliser.

Durant une de leurs promenades, entre quelques lettres échangées, ils fuient leur quotidien et rient comme des enfants : Eugène prend Cassandre par la main, lui fait respirer l'air des forêts et les teintes du soleil couchant, l'emmène dans le silence des chapelles pour surmonter ses peurs, la fait courir en pleine nuit sous une pluie diluvienne que les coups de tonnerre rendent encore plus inoubliable. Les coups de tonnerre, qui à l'avenir, réveilleront Cassandre pour lui donner l'impulsion d'avancer.

Puis vient l'heure de rentrer, de se dire au revoir, de recevoir les baisers d'Eugène qu'il dépose sur son front comme une couronne de roses que Cassandre porte comme une Reine, le coeur joyeux, la mort dans l'âme.

Eugène promet que vite, très vite ils recommenceront leurs escapades bénies. Mais la vie court elle aussi avec sa propre notion du temps, ses propres promesses et son lot d'événements imprévisibles pour ceux qui, comme eux, ont dans le

coeur un carpe diem tout
d'émeraudes serti.

Chapitre 2

Automne 1862, la séparation

Si depuis le premier jour de leur rencontre Cassandre se fait régulièrement malmener par Otto, elle n'a jamais pensé un seul instant que cela pouvait être de la faute de ce dernier. Il a tant œuvré à lui faire croire qu'elle était surprotégée, naïve et incapable qu'elle s'en était convaincue elle-même. Jamais elle ne s'était posé la question de savoir si Otto était malintentionné ou si ses amis, surpris de cette relation et de ce mariage, n'avaient pas tout simplement raison. Pourtant, il y avait un fossé énorme entre l'image que ses amis avaient d'elle et l'image renvoyée par Otto.

Celui-ci avait sans doute vu dans la douce Cassandre le moyen de faire exister son pouvoir de domination et mener le jeu que les manipulateurs chérissent tant : Détruire tout amour-propre. Très innocente, Cassandre était tombée dans son piège, pensant que les gens malintentionnés n'existent pas et croyant sincèrement qu'Otto l'appréciait au moins autant que ses amis. Mais Otto n'était mu que par son défi : Devenir quelqu'un, exister, briller et cela devait se faire en profitant de ce que les autres pouvaient lui apporter. Cassandre faisait partie d'une bonne famille, une vraie famille, chose qui lui manquait. Cassandre était élevée dans la droiture et il savait dès lors que tout rapprochement avec elle finirait par lui faire gagner un bon mariage. Lui-même avait vibré pour une tout autre jeune fille qui l'avait fortement perturbé et repoussé à de nombreuses reprises. C'est elle qu'il aimait, s'il fut jamais capable d'aimer.

Cassandre avaient dans les yeux mille miroirs qui renvoyaient sans peine toutes ses émotions. Elle avait aussi assez d'esprit pour s'exprimer mais par convenance, par politesse, elle n'utilisait jamais cette arme.

La séparation d'avec Otto décidée par Cassandre au bout de deux ans de mariage, reçoit un accueil tiède mais positif sous certaines conditions. Sans même vouloir les connaître, elle accepte et découvre, trop tard, la liste rocambolesque des points acérés qui déjà la transpercent.

On décide de l'envoyer chez son oncle, loin, très loin de Paris. Et comme à son habitude, Cassandre s'exécute, loin d'imaginer qu'elle aurait eu le droit de refuser. Trop d'obéissance coupe les ailes de notre héroïne.

Son oncle n'a jamais su comprendre les affaires de coeur aussi bien que ses principes. Il accueille notre jeune rebelle au sein de sa famille :

« Nous comptons sur votre esprit vif pour comprendre que nous vous laissons deux choix possibles pour la suite, choix que vous nous communiquerez après avoir passé quelques temps ici, loin de tout, afin de pouvoir vous offrir les moyens de prendre une décision éclairée et en votre for intérieur : Décision que vous respecterez par la suite définitivement puisque ce sera la vôtre. Nul besoin non plus de vous préciser que cela s'appelle une seconde chance, prenez-la comme un cadeau ».

La méfiance de Cassandre est palpable et les mots de son oncle ressemblent à une liberté qu'on lui offre. En réalité, ils ne lui donnent que la perspective de trancher entre un choix avarié et un choix douloureux : Les galères ou l'exil.

« Sans revenir sur vos égarements qui ne feraient qu'attiser mes doutes quant à votre mérite d'obtenir cette seconde chance, disons qu'Otto est prêt à tout oublier par amour pour vous. Il vous sait mentalement fragile lorsqu'il s'agit d'émotions et votre naïveté pour les choses de la vie est responsable des mauvaises décisions que parfois vous prenez ; d'autant plus que le Monsieur en question a fini par avouer qu'il n'était pas tout à lui ce soir-là et ne ressent, en vérité, que de l'indignation et du mépris face à votre effronterie ».

Cassandre est atterrée.

Il la désigne comme mentalement fragile! N'a-t'il pas bien profité de cette fragilité ! Otto Ritter critique les valeurs et l'éducation que sa famille lui a dispensées et qui l'auraient rendue naïve !

Otto a donc bien profité de cela aussi. Cet aveu tombe à pic.

Elle ne croit pas davantage aux dires décrivant un Eugène lâche et infâme.

Aimer est-ce mal ? Est-ce plus condamnable d'aimer vraiment de toute son âme et de tout son coeur ou feindre d'aimer pour obtenir un rang et s'atteler à détruire, affaiblir, par plaisir, par haine, par sinistre besoin de nourrir un orgueil diabolique et par jalousie ?

Cassandre ferme les yeux et ne prononce mot.

« Voici ces deux choix : Vous rentrez auprès de votre époux, tout est oublié, un nouveau lieu de vie vous attendra à cinq cent kilomètres de Paris, loin de vos amis, qui de toute évidence n'en sont pas et loin de ces mauvais souvenirs qui ne sont que des enfantillages de romantiques à deux sous.

La culpabilité sera la gardienne de vos futures actions.

Qu: Vous quittez Otto, ce qui serait douloureux pour nous tous qui avons fait le vœu pieux de respecter le sacrement du mariage, vous continuerez à vivre ici pour construire de la meilleure façon possible le reste de votre vie.

Vous ne manquerez de rien : Ni de moyens ni d'affection :

Votre mauvaise conscience sera alors la meilleure gardienne de vos futures pensées ».

Choisir entre afficher de la culpabilité ou avouer sa mauvaise conscience, elle qui ne ressent ni l'une ni l'autre !

« Comme je vous disais Cassandre, prenez le temps que nous vous offrons, sans distractions afin de faire le bon choix pour le reste de votre vie : Votre mère vous a confiée à moi et ne souhaite pas interférer dans ce temps de réflexion qui est tout à vous. Elle vous embrasse et vous aime ».

De combien de temps « offert » parle-t-il comme s'il était un présent à qui ne le mérite pas ? Cassandre n'ose pas demander ; il serait impoli de vouloir préciser la valeur d'un cadeau, ce serait comme demander le prix d'une chaîne qu'on passe à votre cou.

Dans les quelques mots lourds de sens qu'exprime son oncle, Cassandre remarque qu'aucune allusion à son père n'est faite : Elle avait vu dans son regard tant de tristesse à la voir partir, il savait depuis toujours ce qu'elle endurait mais n'avait jamais pu se résoudre à s'élever contre cette folie. Il aimait la paix et la pensait assez forte pour obtenir la sienne par ses propres combats.

Et les combats de Cassandre ne font que commencer...

Suspendre le temps : Ne plus le subir ni le pourchasser.

Ignorer l'espace : A cinq cent kilomètres de Paris, chez son oncle ou ailleurs, désormais un endroit en vaudra un autre.

Les yeux fermés, elle réalise qu'elle pourra être partout où ses rêves l'emportent : Un lac, un soir, un été, tous de carpe diem vêtus.

Cassandre développera cette stratégie au cours des sept ans qui vont suivre mais elle ne sait pas encore à quel point sa métamorphose sera gigantesque...

Chapitre 3

Eté 1863, Les voyages

Accepter voulait dire renoncer à tout le reste.

Empêchée dans sa liberté, elle prend le parti de se montrer heureuse d'être là. Une stratégie qu'elle affûte chaque jour pour endormir son entourage qui croit en sa bonne foi. Elle développe sa mémoire, prépare son monologue, le répète à voix haute et s'assure que cela sonne juste. Elle ne fait aucune allusion aux sujets fâcheux ou douloureux.

Sa présence joyeuse ravit son oncle et sa famille ; elle gagne la confiance qui endort.

Cassandre apprend à maquiller son regard qui ne dit plus rien. Fini les soupçons d'espièglerie au fond des yeux ! Place à la sobriété passe-partout qui rassure.

Elle retient ses larmes de tristesse et de rage en profitant des moments de rires « aux larmes » en famille pour les libérer :

Voilà un des plus grands attributs de son art en devenir.

Cassandre se meurt mais Cassandre renaît.

Voici qu'est venu le temps des vacances, celui où on part en bord de mer pour se détendre ou s'attendre, cela dépend des gens.

Cassandre ne s'attend plus, elle a atteint le degré de perfection qu'elle souhaitait mettre en œuvre dans les batailles pour sa paix.

Elle se détend, entourée des cousins et cousines, se balade sur la plage, ne regarde les gens qu'avec des yeux impénétrables et semble heureuse.

Presque trois mois de plage et la visite de sa mère apporte un peu de ce là-bas qui lui manque parfois.

Dommage, son père n'est pas là. Elle commence à comprendre que son absence n'est pas le fruit du hasard. Ils doivent penser que ce papa très protecteur risque de dire à sa fille de les envoyer tous au diable et c'est bien ce qu'elle ferait.

Les retrouvailles avec sa mère sont particulières. Cette dernière trouve que Cassandre a changé. Elle avait décidemment sublimé son art : Sa propre mère s'y était laissé prendre.

Physiquement, Cassandre a fait le choix de modifier sa couleur de cheveux, elle passe d'un châtain flamboyant à un blond plus sage qui lui donne des airs d'ange et l'aspect d'une poupée très docile et peut-être encore plus naïve.

« Cassandre, voici le moment de nous faire part de votre choix. Nous vous sentons apaisée et sommes très fiers d'avoir pu vous apporter ce bienfait, dit son oncle.

- Je suis heureuse mon oncle, ce temps a été précieux pour ma construction et restera dans mon cœur à jamais. Comment pourrais-je oublier ces moments ?

J'ai grandi, je ne suis plus cette petite fille naïve que mes parents ont surprotégée pensant bien faire, ni cette jeune fille fragile mentalement, romantique à souhait. Je suis désormais bien lucide et ancrée dans la réalité de ce monde qui m'apportera certainement tout ce que je désire. J'en ai fait le serment».

S'il y avait un prix à distribuer pour le personnage le plus cynique de l'histoire, Cassandre en remporterait deux !

Tous les convives pathétiques à « La grande fête de la révélation du choix » se félicitent, s'en attribuent tout le mérite et s'enfoncent sans le savoir, de leurs propres mains et en plein coeur, la lourde épée de la justice.

Ils entendent ce qui les arrangent, comme toujours, pendant que Cassandre vient de cracher de lourdes accusations, de pessimistes mises en garde et des affirmations qui ne sont autres que les promesses qu'elle se fait à elle-même.

Ses yeux sont impénétrables et ainsi l'est le secret de son âme.

A l'image de la vraie Cassandre qui reçut le don de prémonitions auxquelles personne ne croyait, Cassandre de Leonvago annonce ses plans, accuse ouvertement, met en garde clairement et personne n'entend.

Du grand spectacle !

Du haut du château fort qu'elle s'est bâti, elle observe avec mépris ces pauvres âmes à sa merci.

« Mon Oncle, même si la tentation est forte de vouloir rester auprès de vous, il serait plus judicieux de rentrer dans cette nouvelle demeure loin de Paris que je n'ai pas choisie. Désormais, je me laisse surprendre par les choix qu'on ne fait pas et qui ouvrent en grand les portes de la lucidité. Que c'est bon de ne pas vouloir tout calculer et accueillir les événements comme on les mérite ! » Annonce-t-elle.

Cassandre pèse chaque mot : Les choix qu'on ne fait pas, le hasard, se laisser surprendre, ne pas calculer, le mérite.....Elle leur sert à foison les mises en garde et, une fois n'est pas coutume, c'est eux qui ont les yeux fermés et la naïveté débordante.

Elle continue à dessiner sur le visage de ses proches des sourires béats. Elle en est certaine désormais : L'orgueil de se croire si fourbes les empêche de réaliser les sous-entendus acerbes qu'elle leur offre copieusement.

S'ils prenaient le temps et le recul nécessaire à l'analyse du texte trop parfait de Cassandre, ils comprendraient qu'elle était sur le point, non pas de se soumettre mais de prendre sa vie en main et qu'elle déclarait la guerre aux manipulateurs, oppresseurs et « Otto Ritter » en tout genre.

« Cassandre, nous ne pouvons que vous féliciter. Vous avez fait le bon choix, celui de la droiture et de la maturité. Vous avez recouvré vos esprits et avez su vous montrer digne des valeurs de notre famille. Vous vous êtes souvenu qu'au sein de celle-ci, les principes priment sur notre liberté individuelle ».

Cette guerre allait prendre du temps mais elle allait la gagner avec son âme pure et lumineuse. Les principes ? Jamais. Les valeurs ? Oui. Et Cassandre a toujours pensé que les principes ne valent rien car ils sont imposés par des règles hasardeuses alors que les valeurs s'épousent et sont basées sur la noblesse de l'âme.

Désormais, dans les yeux de Cassandre se lit la froideur d'une guerrière.

De jeune fille docile, elle devient une femme agile d'esprit, perspicace, glaciale. Son cynisme lui permet d'étaler son mépris sans le dévoiler.

Et c'est ainsi que loin de Paris, la douce Cassandre brandit son épée.

Chapitre 4

Hiver 1864, le retour

Son changement a débuté et ne s'arrêterai jamais.

Elle est agile d'esprit, perspicace, bourrée de prémonitions et en cela elle porte son prénom à merveille. Cassandre et son humour cynique et cinglant s'amuse à adresser à qui le mérite, pléthores de reproches, mises en garde, dédains. Son mépris pour ces êtres sans cervelle est immense. Elle développe son talent d'orateur qui reste sans réponse tant son entourage ne peut croire qu'elle soit capable du moindre sous-entendu, elle, la petite fille naïve qui ne sait pas mentir.

Elle découvre l'endroit qui abritera ses futures batailles et le trouve très joli. Voilà qui est déjà bien.

Quelques temps après néanmoins, Otto voyageant fréquemment, ils déménagent encore plus loin de Paris. Elle n'y prête pas attention, un endroit en vaut en autre.

Cassandre a acquis le pouvoir d'adaptation depuis un moment déjà. Ce pouvoir est devenu une arme redoutable, tout comme le pouvoir d'anticipation dont elle fait preuve et l'effet de surprise qui fera mordre la poussière à bon nombre de ses ennemis dans le futur.

Elle est patiente, persévérante comme un guerrier qui a tout à gagner ou plutôt, rien à perdre. Elle peut être d'une froideur effrayante et adorable l'instant d'après. Ce qui fait penser à certains : « Il vaut mieux se tenir loin de Cassandre, cette femme est dangereuse », et à d'autres: « Cette jeune femme est divine de bonté et d'élégance ». Elle déstabilise sans inquiéter. Elle endort sans le savoir, elle avance sans être vue.

Plus tard, le long de sa robe viendront se poser les larmes de supplication de ses futurs ennemis qui pensaient pouvoir la torturer. Elle essuiera ces larmes de son gant sans jamais accéder à leur demande, sans états d'âme et sans même un regard. Telle Morgane la Fée, elle restera impassible devant la cruauté humaine, incapable de pardon. Elle se tiendra loin des combats futiles, ne provoquant jamais la guerre mais se défendant avec la force de la droiture. Et cette force deviendra chez Cassandre, immense.

En rentrant de ses promenades, Cassandre a droit à la fouille de son sac à main tout petit qu'il est.

Elle a pris l'habitude de pimenter cette détestable manie d'Otto en y laissant des objets loufoques : Son nécessaire à couture intentionnellement mal refermé afin de laisser aux aiguilles le loisir d'accomplir leur travail en était une parmi d'autres. Otto ne se laisserait pas surprendre plus de trois fois. Elle varie les plaisirs en cachant d'autres objets incongrus.

« Que sont ces clous Cassandre ? demande Otto interloqué.

- Oh ce sont les clous que j'ai réussi à enlever jusqu'ici.

- D'où les enlevez-vous, je vous prie ?

- Vous le saurez bientôt.

- Cassandre répondez à ma question !

- Quelle est-elle exactement ?

- A quoi servent ces clous !
Fustigeait-il

- Vous n'y pensez pas Otto ! Vous
voudriez me faire croire que vous ne
savez pas à quoi servent des clous !
Vous vous moquez de moi comme à
votre habitude, passons, je suis lasse.

- Cassandre ! Je ne le redemanderai
plus !

- Soit, ne demandez pas alors.

- A quoi servent ces clous ? Hurlait-
il.

- Justement, ceux-ci ne me servent
plus. Je vous les rends. Je vous ai déjà
demandé, Otto, d'être précis dans le
choix des mots que vous utilisez
lorsque vous vous adressez à moi.
Vous savez bien que je ne suis pas
très intelligente et par votre faute, je
suis incapable de répondre comme
vous attendez aux questions que
vous posez ».

Otto n'a jamais été perspicace ou vif
d'esprit. Tout ce qu'il sait, ce sont les
livres qui lui ont appris. Il lit au fur
et à mesure des besoins qu'il a
d'acquérir telle ou telle connaissance.
Ni plus, ni moins.

Les traits d'esprit de Cassandre, son cynisme, ses sous-entendus sont pour lui du chinois. Otto ne parle pas le chinois. Otto ne parle que le français à peu près et qu'à peu près sa langue maternelle. Il est un illusionniste qui a appris très jeune à faire croire à son entourage ce qu'il voulait lui faire croire, tantôt en les prenant par les sentiments, tantôt en les tenant par la peur. Il est loin d'imaginer que les clous que Cassandre veut lui rendre ne sont que les clous qu'elle est en train d'ôter de la croix sur laquelle il l'a crucifiée.

Elle est bien différente : Elle n'a jamais besoin de tromper pour obtenir ce qu'elle souhaite. Elle se contente d'être bienveillante, franche mais polie, elle rend service, écoute et aide.

On lui a quasiment tout fait faire dans les arts et dans les sciences. Cassandre est dotée d'un esprit logique affûté, doublé d'une créativité hors norme. Elle sait entrevoir les possibilités, calculer les chances de réussite, les enrober dans du papier à musique pour les rendre plus avenantes. Elle réalise enfin que tout ce qu'on lui a appris peut la rendre redoutable. Sa mémoire est infaillible, elle dévore chaque mot pour le retourner contre ses ennemis le moment venu. Elle est passé maître dans l'art de poser des questions en emmenant ses interlocuteurs à livrer des réponses qui les dessert, quelles qu'elles soient.

Désormais, elle se doit d'être plus tranchante pour s'en sortir mais uniquement avec ceux qui la blessent ou dans les situations qui méritent son dégoût.

Sa douceur est toujours là : Endormie mais vivante.

Otto est convaincu que son épouse est une idiote, ce qui ravit Cassandre. Personne ne sait plus qui elle est derrière ses airs de poupée en porcelaine. A trop avoir été muselée et enfermée, Cassandre brandit le fer de lance de la liberté pour ne plus le lâcher et deviendra, à l'image de Madame de Staël pour Napoléon, un des pires cauchemars d'Otto et son piètre entourage.

L'effet de surprise se fait attendre, ce n'est pas encore le moment mais lorsqu'il déploiera ses effets, la leçon de Cassandre sera sans commune mesure avec les batailles de poltrons que tous mènent contre elle.

Depuis longtemps Cassandre n'a aucune nouvelle de ses amis. Ils l'ont sans doute oubliée, ou pire, ils la méprisent eux aussi, comme Eugène de qui elle n'a plus aucune nouvelle, ne fut-ce qu'indirectement.

En déménageant, ils s'approchent de certains membres de la famille d'Otto : en particulier ses frères et belles-sœurs que Cassandre connaît mal. Celles-ci ne sont mariées que depuis peu de temps avec les frères Ritter et l'une d'elle, Katerina est polonaise. C'est une enfant de milieu désavantagé venue espérer pour elle et sa mère malade, une vie meilleure et une famille aimante.

Elle ne parle que très peu la langue. Elle est très belle, très douce, très fragile aussi. Cassandre se reconnaît en elle, du moins elle reconnaît la Cassandre d'avant.

Katerina joue du piano, comme Cassandre. Elle chante (avant de déchanter au bout d'un an) comme Cassandre ne s'est jamais risquée à le faire puisqu'elle, c'était la danse classique qu'elle maîtrisait mieux.

L'autre jeune belle-sœur d'origine asiatique, fille d'un homme d'affaires connu à Paris est toute de lucidité pétrie.

Prénommée Hoàng Yên qui signifie canari, ce sera elle qui enverra, la première, un coup de pied dans la fourmilière pour s'envoler du domicile conjugal sans autre explication que son battement d'ailes silencieux.

Cassandre a de la compagnie, elle ne s'en plaint pas puisque les seules personnes qu'elle est autorisée à fréquenter sont sa belle-famille, sa famille, quelques amis triés sur le volet et son chien.

Katerina vient souvent la voir, presque tous les jours. Peu à peu elle se confie, se déshabille, dévoile un corps recouvert de bleus plus percutants que ceux dont l'âme de Cassandre est recouverte.

Elle s'exprime comme elle peut avec les quelques mots de français qu'elle connaît mais ses larmes parlent toutes les langues et Cassandre l'entend parfaitement.

Katerina lui demande de raconter son mariage et ce qu'elle a ressenti en marchant vers l'autel.

Cassandre lui prend la main et d'une voix à peine perceptible lui dit :

« Ce n'était pas moi: j'étais la coulée de lave qui lentement et inexorablement se traîne jusqu'au point de non-retour. En haut de cette allée de déshonneur où m'attendait un destin qui s'impose, je gravais sur un pan de ma longue robe blanche ce passé bienheureux comme une relique sacrée et tatouais déjà sur l'autre pan les prémisses d'un avenir enfanté par les vestiges du passé de cet autre que moi.

Chacun de mes pas résonnait sur le sol en vieilles pierres, témoin habituel de tant de bénédictions et de ferveur. A mesure que j'avançais les vieilles pierres prirent l'aspect de sables mouvants et du même aspect mes espérances et mon courage se vêtirent.

Les saisons et la raison passèrent et avec elles passèrent aussi le soleil et la lune.

La lave se figea des années durant enfermant dans son coeur une chrysalide et un soupçon de vie que réchauffait tant bien que mal ma relique sacrée ».

-Tu pleures Cassandre ? demanda Katerina

-Oh non, voilà bien longtemps que je n'ai plus de larmes et souvent elles me manquent tant !

- Tu ne pleures donc jamais Cassandre ?

- Non, jamais....rien n'en vaut la peine.

- Mais ça pourrait te faire du bien, avance Katerina.

- Les seules larmes qui font du bien ma chérie sont les larmes d'Aquarelle, répond Cassandre.

-D'Aquarelle ? Que sont-elles ? demande Katerina

- Ce sont les larmes qui coulent sans peine, sans effort. Elles se produisent lorsqu'un bonheur immense te saisit, lorsqu'un sentiment d'amour dépasse tout ce que tu pouvais imaginer. Lorsque tu as mal au coeur à force de le remplir de tendresse et de confiance. Mais c'est, vois-tu, un mal qui fait du bien. Je te souhaite des milliers des larmes d'Aquarelle Katerina. J'espère qu'un jour toi aussi tu en verseras et alors tu comprendras ce qu'elles sont....

- Je dois obligatoirement en verser pour quelqu'un pour que ce soit le bonheur ?

- Et bien ce quelqu'un sera comme un autre toi-même : Un soi avec un autre soi. Vous serez deux à les voir couler mais vos larmes finiront par se mélanger en une seule et unique rivière.

- C'est donc cela l'Amour ! S'écrie Katerina.

- C'est plus que de l'Amour Katerina, c'est une bénédiction, un mariage d'âmes. Conclut Cassandre ».

Katerina essuie ses larmes de tristesse et embrasse Cassandre de toutes ses forces.

Souvent enfermée, Katerina ne peut sortir que pour faire quelques emplettes ou se rendre chez Cassandre. Elle n'a pas les clés de la maison : Elle n'a plus de papiers, plus d'envie, plus de vie.

Le grand-père Ritter n'hésite pas à prêter main forte à son petit-fils pour faire pression sur la belle Katerina, lui barrant le passage vers la sortie, proférant des menaces, imposant leur loi.

Cet homme, dénué d'empathie et rustre, a failli rejoindre dans sa jeunesse au moins une fois prématurément, le Paradis (ou l'Enfer) par la main de son épouse qui cacha au fond de sa bouteille de vin, qu'il consommait au goulot, un couteau positionné dans la bonne direction.

Cet épisode qui aurait pu se terminer tragiquement, avait le don de faire rire aux éclats les frères Ritter. Ils se moquaient de leur grand-père et aussi de leur grand-mère. En vérité, ils riaient tous en se remémorant cet épisode de leur piteuse vie.

De toute évidence Katerina et Cassandre n'avaient pas le même sens de l'humour et cette histoire leur donnait de plus amples raisons de fuir loin de cette alliance Ritter pernicieuse.

Katerina observait ce qu'elle buvait, ce qu'elle mangeait avec une attention particulière qui passait pour un caprice.

Les frères Ritter avaient l'habitude de se jeter sur les plats de viandes comme des hyènes sur une charogne : L'avantage pour les autres convives était d'avoir l'assurance que le plat était bel et bien comestible, le désavantage était certainement qu'après le passage du clan Ritter, mieux valait être doté d'un petit appétit.

Il en allait ainsi de tous les mets sauf les desserts qui ne trouvaient pas grâce aux yeux des carnivores.

Cassandre réalise que le mal est plus profond. Après le départ de la belle-sœur canari, elle se pose quelques questions.

Comment contacter ce volatile qui ne veut pas se faire trouver et dont la lucidité aurait pu leur faire gagner quelques flèches utiles? Il devient urgent pour les deux belles sœurs restantes de comprendre pourquoi et surtout comment le petit oiseau s'était envolé!

Il y a dans cette fratrie un côté sombre qu'elles avaient bien sûr identifié mais dont l'ampleur dépasse la seule raison du manque d'éducation religieuse et d'empathie. Cela leur fiche une peur énorme.

Katerina parfois menace de partir. Ce désir trop pressant lui vaut quelques chasses à courre dans la peau d'un gibier, pourchassée par monts et par vaux par un époux brandissant une arme à feu.

Jamais il ne l'utiliserait, mais Cassandre sait aussi que les accidents peuvent vite se produire lorsque la rage domine. Le récit de Katerina la glace définitivement.

Elle ne connaît pas cela. Si parfois le comportement d'Otto sous-entend une certaine capacité à la violence, celle-ci se limite à la manipulation et à la dégradation morale avec son lot de menaces, de dédain, de mépris, de moqueries.

Cassandre se résigne et se raisonne, elle sait que ce n'est pas encore le moment, elle doit pouvoir gagner en indépendance pour aspirer à sa liberté.

Les soirées festives entre frères et belles-sœurs se prolongent souvent autour du piano où quelques mélodies interprétées par Katerina prennent tout leur sens.

Les hommes Ritter se postent derrière la pianiste virtuose comme pour vérifier que les touches du piano ne cachent pas un détonateur. Sont-ils bêtes à ce point !

Cassandre est assise sur le canapé face à elle. Elle peut admirer son visage parfait où se lit la mélancolie d'une vie douce qu'elle ne connaîtra jamais et la tristesse de ce qu'elle a rencontré en entrant dans cette famille.

Elle se sent à la fois si proche de Katerina et si loin pourtant. Cassandre a accompli un chemin que la belle Polonaise ignore pouvoir emprunter. Un élan de générosité la saisit à ce moment précis : Elle ouvrira la voie afin que sa belle-sœur trouve le moyen de la suivre par la suite.

Cassandre profite de ces moments de musique pour fermer les yeux et afficher sur son visage un doux sourire qu'elle destine à Eugène.

« Cassandre vous somnolez en souriant comme une enfant que vous ne cesserez jamais d'être, c'est affligeant ! lance Otto, provoquant l'hilarité de sa meute.

-La musique me berce, je savoure ce moment et les douces pensées qui s'en dégagent Otto » réplique Cassandre, pensant que pour une fois Otto a vu juste : Elle ne cessera jamais d'être un enfant.

Dans les moments les plus difficiles, Cassandre, éternelle enfant, sert sur son coeur un ours en peluche vieilli par le temps qui fuit. Elle lui confie ses peines et tous ses projets. Il la regarde immobile et semble vouloir lui parler. Elle lui prête alors sa voix : Commencent de tendres mises en scène avec ce petit être en chiffon, réceptacle de ses émotions.

Elle fera parler ainsi tous les jouets de sa propre petite fille à qui elle donnera naissance quelques années plus tard.

Cette petite fille prédestinée à jouer un rôle tragique et lourd : Etre l'impulsion qu'il faudra à Cassandre pour s'envoler vers de meilleurs chemins : Elle et elle, main dans la main, fondues dans un amour inconditionnel mère et fille.

Avant qu'Otto n'accorde cet enfant à Cassandre, de nombreuses saisons passent. Il a compris depuis longtemps que le meilleur moyen de la briser est de lui refuser tout ce à quoi elle aspire, en particulier l'essentiel.

« Cassandre, vous êtes étrange ! Comment pourrais-je vous trouver digne de donner la vie alors que la vôtre a si peu à offrir en exemple? Vous n'êtes pas une bonne personne et serez une mère pathétique, ce serait comme donner à un enfant la responsabilité d'un autre enfant, le mien qui plus est ! »

Cassandre ne répond pas mais elle note dans un coin de sa tête chaque insulte profanée par Otto afin de lui servir, le moment venu, un plat de même consistance.

Après plusieurs tentatives de Cassandre et craignant de la voir partir par ses refus répétés, Otto accepte et évite de justesse de passer pour le méchant de l'histoire aux yeux de sa belle-famille. Il pense à son avantage : Cassandre restera à jamais sous sa coupe : Scinder une famille avec un enfant serait inimaginable dans ce milieu aux valeurs strictes.

Les promenades de notre héroïne dans le parc se terminent toujours par un grand bol d'air sur le perron. Dans le ciel, tout autour de la demeure, les couchers de soleil flamboyants jouent avec les nuages, faisant apparaître des phénix aux ailes déployées fendant l'atmosphère. Ces phénix, que seule Cassandre sait interpréter, dessinent sur son visage un sourire complice.

Le coeur gonflé de certitudes, elle rentre tel un fauve, à pas feutrés, dans l'arène d'un « Otto convaincu ».

Chapitre 5

Printemps 1867, naissance

Le premier jour du printemps est là et Cassandre voit la chair de sa chair dans ses bras endormie. Elle a donné la vie au risque de la sienne, la grossesse et l'accouchement ont été compliqués. La petite aussi a bien souffert mais elle est forte !

Elle n'est plus seule désormais. Les promenades se font en compagnie du chien et de la mère de Cassandre, très impliquée et adorable avec cette petite fille tout mignonne qui porte le joli prénom de Faith. Cassandre a beaucoup insisté pour offrir à son enfant ce prénom qui n'est autre que « la foi » !

Elle veut que sa fille, sa vie durant, puisse avoir la foi : En elle, en Dieu, dans le destin, elle veut qu'elle puisse croire aux miracles, à la vie, aux chances, aux rêves, aux propres forces, à l'impossible.

A mesure que Faith grandira, elle dépassera toutes les espérances de

Cassandre, cette petite fille semble pouvoir créer de sa main la magie.

La vie prend un autre rythme, certes, mais pas un autre visage.

Les absences de plus en plus fréquentes d'Otto donnent du répit à Cassandre. Même lorsqu'il est censé rentrer à la nuit tombée, il rejoint le domicile conjugal fort tard puis ressort parfois au motif d'avoir encore du travail à accomplir. Cassandre sait que c'est sa façon à lui de lui rendre la vie plus difficile encore... Il est toujours aussi tonitruant et menaçant et sait le faire la plupart du temps sans hausser le ton et loin des regards de sa belle-famille, c'est bien plus inquiétant pour les plans de Cassandre.

Il trouve une autre façon de la faire blêmir: Ce sont menaces sur menaces de la quitter, de se construire une autre famille puisque elle a été la pire chose de son existence.

Evidemment, il a moins besoin d'elle maintenant. L'enfant lui assure la corde qu'il avait passé autour du cou de Cassandre et qui l'empêcherait certainement de rêver d'ailleurs ; il a bien réussi, atteint une position confortable et a fait de Cassandre une femme honteuse au motif que ses sentiments, depuis toujours, vers Eugène s'étaient dirigés.

C'est pourtant bien lui qui ignora le non timide répété plusieurs fois par Cassandre, sachant qu'il n'aurait aucun mal à le justifier et sachant que c'était le meilleur moyen de rentrer dans cette famille puisque au sein d'elle, lorsqu'on est trop proche, on officialise ! Otto connaissait parfaitement les sentiments de Cassandre et d'Eugène, cela ne toucha en aucun cas son orgueil et l'épousa malgré tout. Il savait qu'Eugène, en proie à ses principes rigides, considérerait Cassandre comme interdite à ses yeux et que la souffrance serait alors leur croix.

De son côté, Cassandre attend le moment propice ; elle sait que la patience est l'assurance de la réussite de son plan.

Les mois passent, toujours pareils, Otto est souvent absent et de plus en plus.

Une fois terminées ses affaires, il rentre dîner puis ressort jusqu'à tard dans la nuit au motif que son travail est critique et le contraint à ne pas compter les heures.

Leur fille, petite encore, le connaît à peine, obtenant le strict minimum qui préserve ce père de toute critique qui pourrait l'accuser d'être un mauvais père.

Lui l'homme parfait, l'époux parfait, vient d'ajouter une corde à son arc en papier mâché : Le père parfait.

Il invente des réunions professionnelles de plus en plus fréquentes à Paris puis une incapacité à bien gérer ses affaires loin de cette ville et finit par s'y installer définitivement durant la semaine. Cassandre a vent au hasard d'une discussion, qu'une proposition a été faite à son époux de rejoindre la capitale avec sa famille.....Mais Otto s'est bien gardé de le proposer à Cassandre, il ne voulait pas d'elle dans son quotidien à Paris, c'était évident.

Les congés du samedi et dimanche voient revenir un Otto très nerveux, émoussé et pressé de repartir le dimanche soir.

Durant la semaine au contraire il semble heureux là-bas.

Durant cette période, Cassandre l'entend par trois fois lui répéter qu'il souhaite le divorce car elle n'est pas à la hauteur, qu'elle ne l'a jamais été, qu'elle est responsable de l'échec de ses rêves qu'il a dû abandonner pour elle, qu'elle est la pire chose qui lui soit arrivé dans sa vie.

Cassandre comprend que le comportement d'Otto commence à surprendre légèrement sa famille et au moins son père définitivement.

Le père de Cassandre ne parle pas beaucoup, il est un fin observateur mais est terrifié à l'idée que sa fille se retrouve seule ave un enfant. Il est déchiré entre son désir de la voir libre et heureuse et l'idée qu'elle puisse se retrouver seule à élever cet enfant.

Les quelques plaintes de Cassandre n'y font rien. On ne la croit pas, on lui dit qu'elle exagère, qu'elle est responsable de la situation puisqu'Otto est absolument merveilleux, travailleur, respectueux et que ses colères sont bien légitimes puisqu'il se défend face à une Cassandre médisante.

Cette famille est prête à tous les compromis et à fermer les yeux sur tous les manquements d'Otto pourvu que leur couple qui compte un enfant, soit préservé.

Il serait inimaginable qu'il les quitte et comme d'habitude, la faute retombe sur elle.

Cassandre doit désormais changer de stratégie et assumer le mauvais rôle si elle veut s'envoler ailleurs. Tant qu'à devoir porter les accusations de son incapacité à tenir ce couple uni...autant en profiter et calquer à cette image de briseuse.

Après une longue réflexion, elle pèse le pour et le contre et décide de mettre ses projets à exécution.

Chapitre 6

Hiver 1872, la liberté

« Je dois vous parler Otto.

- Cela attendra je suis occupé tout de suite, réplique Otto sans même la regarder.

- Et moi je serai occupé par la suite alors c'est ici et maintenant, je ne vous laisse pas d'autre choix, avance Cassandre d'une voix ferme.

Il s'assoit confortablement face à elle et affiche un sourire de mépris comme à son habitude.

A peine son postérieur touche le velours du fauteuil, Cassandre prononce deux mots :

- Je pars.

- Comment cela vous partez ? Pour aller où ? Vous n'y pensez pas ?

- Cela fait maintenant plusieurs années Otto que nous jouons à faire semblant, cachant à ma famille la vraie nature de notre quotidien, je vous ai suivi dans ce mensonge mais je vois aujourd'hui que cela me retombe dessus. Je ne sais pas mentir et cette situation ne sert que vous. Cela devient ridicule et même inquiétant de stupidité.

Alors j'accepte de prendre la faute sur moi, de passer pour l'insolente et la rebelle encore une fois mais j'exige ma liberté.

Vous pouvez aller et venir, on ne vous pose jamais de questions, à l'inverse mes promenades dans le parc ou mes sorties avec une de mes rares amies suscitent toujours mille méfiances.

Vous avez œuvré tant est si bien à détourner l'intérêt des gens de vos propres agissements que tous les regards accusateurs ne sont que pour moi.

Mes balades en forêt, mes lectures du moment, tout est analysé et soumis à questionnement. A croire que je pourrais tout aussi bien vous tromper avec l'oiseau qui me regarde du haut du grand chêne ou avec le protagoniste du roman que je tiens entre les mains.

On ne vous soupçonne jamais et pourtant, de vous à moi, il y aurait beaucoup à dire. On vous pardonne vos menaces de nous quitter Faith et moi. On vous pardonne non pas une mais trois fois !

C'est de nouveau de ma responsabilité si vous êtes mal au point d'avancer de telles infamies. Ce sera toujours ma faute et uniquement ma faute.

Je fais donc le choix, ne pouvant pas prouver mon intégrité, de calquer à cette image d'insolente qu'on me donne et c'est tout aussi bien puisque je sais qui je suis et cela m'arrange fort bien que personne ne me connaisse.

Je vous le dis : Personne ne me connaît aujourd'hui. Cassandre n'a plus 16 ans, ni même 20 ans, ni même 25.

J'ai plus de dix ans d'expérience désormais et vous n'imaginez pas le talent qui est le mien.

Je vous ferai cracher chaque virgule que vous avez pu prononcer dans vos phrases à mon encontre pour vous les enfoncer dans le crâne et je vous souhaite une vie très longue Otto, une vie immensément longue afin de pouvoir avoir le temps nécessaire pour étudier sous toutes les coutures mon mépris immense et mon dégoût infini.

Je n'ai plus peur de vous Otto, je vous regarde de si haut, depuis le nid d'aigle que je me suis construit, que vous semblez un volatile de basse-cour, sale, picorant avidement les graines qu'on vous jette avec dédain.

Vous pensiez être le vainqueur de ce combat, mais Otto, voyons ! Il est si facile de gagner lorsqu'on est seul sur le champ de bataille !

Je ne fus jamais là, vous ne valiez pas la peine que je salisse mon armure. Le combat aurait été inégal et je ne m'attaque jamais à un esprit faible ou défaillant.

C'est heureusement pour vous, les valeurs de miséricorde qu'on m'a inculquées à travers cette éducation que vous avez jugée naïve.

Vous m'avez dit un jour de me mettre à genoux devant vous.

Je vous le dis aujourd'hui, je ne m'agenouille qu'à l'église, cet endroit qui à ma grande surprise perd de son éclat lorsque vous y pénétrez.

Je ne peux plus faire semblant d'admirer un clown qui traîne sous ses épaisses semelles les restes de ses victimes silencieuses. Je ne veux plus faire partie d'une famille qui ne possède aucune valeur ni aucune empathie et qui enferme derrière les barreaux de la menace des oiseaux aux ailes coupées et au bec cloué.

Aujourd'hui c'est moi qui vous mets tous à genoux et vous y resterez selon mon bon vouloir et le temps que je déciderai.

Prenez ce temps que je vous offre comme la seule et unique chance de redorer votre conscience si vous en trouvez une et expier vos fautes. Ce sera sans aucun doute utile pour la suite de votre misérable existence que vous passerez non pas à cinq cent kilomètres de Paris, mais où vous le souhaitez et avec qui vous voulez à condition que cela soit très loin de moi.

Je n'ai rien à pardonner, je n'ai ni le temps ni le pouvoir de le faire. Mais sachant qui vous êtes, je sais déjà que vous pensez n'en avoir nul besoin.

Ne vous lancez pas le défi d'atteindre un haut degré de ridicule en tentant de me retenir, je puis vous assurer que vous avez, en la matière, déjà tout dépassé !

Pas de lettres, je ne les lirai pas car même votre signature apposée sur un document officiel n'a aucune valeur, tant et si bien je vous rappelle, qu'à plusieurs reprises, vous avez dû faire appel à votre talent de faussaire pour imiter la mienne.

Je vous laisse une dernière fois l'immense fierté de pouvoir sortir votre magnifique plume que ma famille vous a offerte à l'occasion d'un de vos anniversaires qui, comme à leur habitude, ne vous voient jamais grandir, pour apposer sous mes yeux votre signature enfantine au dos du document de divorce que voici.

Vous pouvez tout garder Otto, rien ne m'intéresse. A ce propos, je vous rends le reste des clous rouillés que vous avez mis tant de soin à m'enfoncer durant tout ce temps. Ils vous seront utiles, sans doute aucun, pour votre prochaine victime. Vous ferez ainsi une économie non négligeable, à votre habitude, puisque ceux-là aussi, c'est moi qui les avais payés.

Il est entendu que Faith part avec moi. Puisque votre travail ne vous permettait pas alors de vous occuper de votre famille, il vous permettrait encore moins de veiller sur cette enfant qui vous connaît à peine une fois que je serai partie. Vous la verrez quand bon vous semblera, autant qu'il vous plaira.

Ses yeux seront alors, les gardiens des mauvaises intentions que vous pourriez avoir à mon encontre.

Je pars et considérez que je pars pour un autre, votre dégoût vous donnera l'impulsion qu'il faut à votre orgueil pour cesser ce mariage ridicule. Cela donnera également le dégoût nécessaire à ma famille pour me renier. Si c'est le prix à payer pour ma liberté, j'offre volontiers le triple ».

Otto est livide, il reste silencieux quelques secondes, le temps sans doute qu'il lui faut pour revêtir sa seconde peau de manipulateur et commence un long monologue sur un ton affligé.

- Cassandre, vous ne pouvez pas faire cela. Je veux bien admettre que parfois j'aie pu être dur mais c'est dans un souci de perfection et de protection, par la peur de vous perdre. Les mots ne sont que des mots et souvent on ne pense pas tout ce que l'on dit.... »

Cassandre lève la main et l'interrompt. Dédaigneuse elle s'avance, tel un fauve jouant avec sa proie :

« Vous aurais-je « O.t.t.o.risé » à vous exprimer ? Cessez ! Je ne vous ai pas permis de me rabâcher les oreilles ! Je n'ai aucunement besoin de protection, j'ai besoin de respect ! Mais puisque vous mentionnez la protection : Que Dieu vous garde de vous retrouver à l'avenir en travers de mon chemin. Je n'hésiterai pas à vous provoquer en duel comme un homme que vous n'êtes pas et sachez que ce n'est qu'avec l'intention de vaincre que j'ouvre les yeux chaque matin. Je ne vous accorderai aucun répit, ne vous offrirai pas mon pardon confortable.

Votre sort se décidera plus haut, dit-elle brandissant le crucifix qui pend à son cou. Vous vous coucherez chaque soir avec l'incertitude qui fut la mienne durant des années : Ne pas savoir si demain sera meilleur ou pire que la veille, clément ou rude.

Vous vous apercevrez que je ne fus qu'un cadeau empoisonné que vous

vous êtes offert à vous-même et finirez par réaliser qu'il n'y a désormais pas de pire ennemi que celle qui se tient devant vous aujourd'hui. Vous vous êtes planté, de vos propres mains et en plein coeur, l'épée de justice que je brandis fièrement.

J'en ai fait le serment lors de mon exil forcé chez mon oncle. Ma lucidité devait vous aveugler et c'est un triomphe sans précédent !

Vos minables frères connaîtront le même sort et vous pourrez vous féliciter en famille d'avoir échoué, étouffé par un orgueil mal placé. Lorsqu'on a, comme vous, une existence qui a si peu à offrir en exemple, les seules armes à brandir auraient été la modestie et le silence que je vous ordonne de garder en ma présence. Je ne vous demande pas de vous mettre à genoux, vous l'êtes, sans le savoir, depuis bien longtemps maintenant. Baissez les yeux devant moi et regardez à terre, car là est bien votre place.

Disparaissez sans trop de bruit pour ne pas risquer de déranger ma tranquillité si péniblement acquise.

Vous pourrez pousser la chansonnette et faire étalage de vos jérémiades dans le salon de mes parents ou ailleurs, cela m'importe peu. S'il s'avérait que leur avis contre moi se dirigeaient, cela ne m'intéresserait guère et ne feraient que justifier le gigantesque mépris que pour vous je ressens.

Vos mensonges et vos mesquineries seront désormais votre pain quotidien et aux vues des quantités que vous avez disséminées, la nausée vous guette à chaque repas.

La solitude sera votre meilleure amie, croyez-moi sur parole, elle deviendra votre seule alliée. Elle sera votre terre d'asile lorsque tout tremble, votre meilleure cachette pour échapper à ma foudre qui n'a pas encore déployé tous ses effets si vous tentez de m'importuner.

Aujourd'hui n'est que l'hors d'œuvre qui précède le plat de résistance que je cuisine spécialement pour vous afin de satisfaire votre appétit vorace. Si vous m'attaquez à l'avenir, je vous servirai à foison tout ce que vous m'avez servi durant plus de dix ans : Rien ne manquera au banquet de Cassandre, ni la torture psychologique, ni les maltraitances psychiques. Chacune de vos armes déployées contre moi composeront l'armée qui contre vous se dirigera.

Aussi étrange que cela puisse paraître Otto, je ne ressens pour vous aucune haine, je ne ressens que trop d'amour envers moi-même pour accepter encore de me faire malmener.

Otto, vous me faites de la peine...je n'avais pas signé pour gravir mais pour grandir et voilà que c'est vous que je vois tout en bas....

Otto je vous déteste d'avoir fait de moi un être capable de ne ressentir aucune émotion.

Otto je vous plains parce que sans le savoir vous vous êtes lancé dans une bataille contre laquelle vous n'avez jamais eu de raisons justifiables mais tant de possibilités de choix différents.

Otto je vous méprise parce qu'alors que vous êtes un homme, vous êtes habité par tant de naïveté. Vous avez sous-estimé l'ennemi qui n'en était pas un au départ et cela est une erreur impardonnable. Et enfin, je veux vous remercier malgré tout d'avoir fait émerger en moi une qualité indéniable qui m'a apporté durant toutes ces années des moments de rires solitaires et que je vous révèle aujourd'hui : Mon cynisme qui me dicte ces mots spécialement pour vous : Ne retenons de cette histoire que le meilleur puisque, grâce à Dieu, vous ne fûtes jamais en charge d'une armée. Nous aurions perdu des guerres et bien plus de vies que seulement la mienne. Je prie pour que vous compreniez l'allusion mais n'en suis pas certaine néanmoins : Ne vous lancez plus dans vos folles batailles Otto, vous n'êtes pas à la hauteur et semer le chaos par votre incompétence et vos frustrations. Épargnez le monde en l'ignorant, à défaut de l'aimer ».

Retirez-vous en reculant : Tête baissée en signe de respect pour celle qui avait tout et à qui vous avez tout pris : confiance, espoir, douceur, sommeil, envie, rêves. Toutes ces choses qui désormais vous manqueront si vous choisissez de vous montrer stupidement téméraire en provoquant mon courroux.

Otto n'en croit pas ses oreilles, il regarde Cassandre mais ne la reconnait pas.

Cassandre continue son long monologue avec assurance :

« Dites à votre frère de lever encore une fois la main sur Katerina et il pourra prévoir de longues vacances au coeur de l'Etna.

Quant au reste de vos troupeaux d'amis, de parents et de maîtresses, signifiez leur de rester loin de moi : Leur odeur nauséabonde m'est insupportable et finirait par me rendre colérique. Vous êtes affligeants de bêtise et de manque d'éducation. Le manque de finesse de votre intellect me fait douter de votre capacité à comprendre mes sous-entendus mais je n'ai désormais plus d'effort à faire pour descendre à votre niveau.

Si quelque chose vous échappe, Monsieur : Faites comme moi durant plus de dix ans : Serrez les dents et acceptez ! »

Puisque les mots ne sont que des mots comme il dit, elle ne précise rien de plus. Il ne saura jamais ce qu'elle a pu endurer ni même ce qu'elle aurait souhaité, ce serait lui offrir deux cadeaux qu'il ne mérite pas : La lucidité et le bonheur de l'avoir affligée.

Les mots de Cassandre ont claqué comme des coups de tonnerre qui viennent briser l'orgueil légendaire de ce misérable personnage. Plus de dix ans de patients silences se sont libérés avec la force d'un ouragan à travers la bouche d'une Cassandre dotée d'un calme effrayant. Son regard couleur de glace le transperce et le fige sur le canapé en velours rouge sang d'une Cassandre victorieuse.

Dehors, la fin du jour efface dans le ciel l'image du phénix pendant que Cassandre, dans son foyer, renaît de ses flammes.

Otto peut la voir sourire...et remarque alors que sa longue chevelure s'est à nouveau parée d'un châtain flamboyant.

Chapitre 7

Printemps 1873

« Qu'il est bon de respirer un air où il n'est plus ! » se dit Cassandre qui depuis quelques mois déjà vit libre avec son enfant.

Les quelques batailles pour obtenir son divorce l'ont beaucoup fatiguée. La route a été sinueuse, entre accusations, manigances, méchancetés, abandons de la part d'une partie de sa famille, menaces de lui enlever son enfant, de la laisser sans le sou, de la surveiller.

La liste est longue et Cassandre épuisée.

La pire des attaques fut celle qui prévoyait de lui enlever son enfant. Otto a tenté de jeter le discrédit sur Cassandre prétendant que la petite serait mieux gardée la semaine par la mère de Cassandre et par lui le week-end. Il avait presque réussi.

Cassandre abandonne son lieu de vie, se rapproche de ses parents afin que Faith puisse y passer le plus clair de son temps tout en étant proche d'elle. Les méfaits d'Otto commencent à atteindre la surface de l'eau. Cassandre libre, croise au hasard quelques amis qui lui assurent que longtemps ils l'ont cherchée, tentant de s'enquérir sur le lieu, la ville ou le pays de résidence d'Otto et d'elle-même.

Ils ont abandonné au bout de trois ans, pensant que c'était

volontairement que Cassandre avait brisé les liens. Elle s'aperçoit alors qu'on lui a enlevé ses amis d'enfance, son adolescence, toutes ces personnes qui sont le socle sur lequel vient se construire une vie d'adulte.

On a déchiré les nombreuses lettres que ses amis lui destinaient pour tenter de la joindre et on a fait croire à Cassandre que tous l'avaient oubliée.

Elle ne lui reste rien d'autre que des souvenirs... Et comme toute personne qui vit de souvenirs, Cassandre vit dans le passé ne sachant pas se projeter dans l'avenir plus loin que demain.

Soudain, alors que Cassandre mène du mieux qu'elle peut sa vie en évitant les flèches, les blâmes et les coups bas, Eugène resurgit : une lettre, puis deux, puis trois et commence alors cette longue relation épistolaire dans la couleur de l'amour amitié qui toujours les a liés. Oh bien sûr il y avait eu quelques lettres aussi auparavant mais Cassandre se demandait si elle les avait bien toutes eues !

Eugène avait lui aussi mené de nombreuses batailles, souvent contre lui-même, toujours à contrecœur et malgré lui. Il vit lui aussi les yeux grand ouverts sur ses paysages d'enfance, son mental est lourd de tous les rêves qu'il n'a pas pu atteindre. Eugène aussi a des phénix qui l'entourent....

Et il y a Cassandre....qui brûle d'un feu bienfaisant sa mémoire infaillible, qui ouvre une brèche dans un ciel souvent trop gris, qui lui fait ressentir que dans sa poitrine son coeur bat malgré ce qu'ils en pensent.

Il se remémore les instants passés ensemble, les confidences échangées, les larmes de Cassandre quand dans un élan elle lui sautait au cou pour se cacher tout contre lui et disparaître, comme on se cache dans une grotte secrète, entourée par des bras qui se referment sur vous et qu'on connaît par coeur.

Tous les baisers qu'il a déposés sur son front en signe de bénédiction et de protection, d'amour sincère et infini composent la couronne invisible du pouvoir de Cassandre.

Eugène lui a appris l'amour, celui qui ne se fait pas mais qui se vit au plus profond d'une âme unique. Il lui a appris la patience qui lui a donnée la force de recouvrer sa liberté. Il lui a appris la confiance qui convint que demain est un autre jour. Toutes ces choses qui préparent un être à vivre une vie belle et pleine, sans oublier le renoncement et le sacrifice afin qu'elle existe dans une vie meilleure....Comment pourrait-on blâmer un amour comme celui-ci ? Qui pourra jamais comprendre ce qui ne peut être expliqué ?

Oui ils s'aiment. C'est ainsi.

Impossible de savoir quand leur histoire a commencé, bien avant les firmaments peut-être, bien avant les orages et les roses ; impossible de savoir où elle s'arrêtera.

Ni le temps ni l'espace n'ont d'importance, c'est lui et c'est elle, c'est tout.

Ils continuent à s'échanger des lettres, se racontent leur passé, leurs amours, leur amitié, les déboires de vie de l'un comme de l'autre.

Une relation précieuse qui met en lumière encore et encore les mensonges rapportés par Otto. Cassandre lui avoue qu'Otto souvent lui a répété à quel point Eugène la méprisait. Ce dernier souffre d'entendre de telles horreurs et ne comprend même pas comment elle ait pu douter un seul instant...

Mais Cassandre n'a jamais douté, elle avait juste besoin de l'entendre de sa bouche. Ils continuent cette relation épistolaire d'âme à âme durant des années.

L'amour ne finit jamais de grandir et malgré la distance, Cassandre se souvient de ces mots prononcés avec ferveur une nuit d'été 1861 :

« Tu es vivante Cassandre, vivante ! » et ainsi l'est Eugène.

En croix entre sa passion pour Cassandre et ses principes, Eugène est cloué au sol. Il souffre d'un mal à l'âme qu'il refuse de faire porter à Cassandre, il la préserve de ses démons, de ces inconstances, de ses abysses.

Il veut le meilleur pour elle, il veut la douceur, la joie, l'équilibre, toutes ces choses qu'il a peur de ne pas pouvoir assurer. Il fait marche arrière maintes fois, ne pouvant se résoudre à renoncer à elle. Puis se rétracte, ne pouvant se résoudre à lui faire porter son mental lourd qui trop souvent prend le dessus.

Otto brille toujours de mille feux aux yeux de son ex belle-famille. Du moins aux yeux de la mère de Cassandre qui ne voit rien malgré son intelligence.

Elle en veut à sa fille, s'inquiétant pour Faith qui grandit dans un environnement inconvenant selon ses dires puisqu'il est celui d'une femme seule avec son enfant.

Les relations de Cassandre et sa mère sont longtemps compromises, abîmées même. Otto est vaincu mais continue à se battre. Il ne la laissera pas en paix avant longtemps. Il s'attaque avec virulence aux finances de Cassandre, tentant de lui enlever le plus possible. Cassandre perd cette bataille vénale à plusieurs reprises puisqu'elle n'a pas l'état d'esprit mesquin qu'il lui servirait dans ce genre de guerre. Elle ne veut que sa liberté et sa paix et comme elle l'avait dit : elle payera cher pour les préserver. Mais Cassandre est forte et sait affronter toutes les situations, elle sait s'adapter, se projeter, analyser et s'en sort toujours.

La bataille d'Otto porte un nom : Cassandre.

A Paris, une silhouette élancée dotée d'une chevelure blonde comme les blés déambule dans les rues. Droite, tête haute, souriante et libre : C'est celle de Katerina la courageuse, qui envoie des baisers en direction de la voiture de Cassandre et qui lui fait signe que sur son visage commencent à couler des larmes d'Aquarelle. Elle lui répond par un « je t'aimerai toujours » murmuré, qui n'est rien d'autre qu'un Adieu....Les deux belles-sœurs ne se reverront plus, mettant un point final à leurs tragiques mémoires communes.

Et soudain, l'inattendu se produit

Chapitre 8

Automne 1875

Cassandre fréquente quelques jeunes hommes sans grande conviction, rien ne ressemble à l'amour qu'elle espère.

Elle passe le plus clair de son temps à remplir sa vie de coquilles vides et repousse les avances pressantes de bon nombre d'entre eux.

L'inattendu brille à l'horizon, croise sa route un après-midi d'automne. Son coeur crie que celui qu'elle espère se tient devant elle.

Les yeux bien ouverts, Cassandre sourit. Elle sait : C'est lui.

Ce jeune homme, prénommé Pierre, désespère autant qu'elle à trouver l'amour, il la couve du regard. Ils se sont reconnus et ne se lâcheront plus.

Est-ce de l'Amour au premier regard ? Non.

Cela va bien au-delà, c'est un état de béatitude, une passion sans heurts et sans compromis. Dans la béatitude elle retrouve le sacré, le secret de la vie et le goût de Tout.

«Voilà comment et pourquoi je l'aime » dit Cassandre.

Une nouvelle vie commence pour elle qui tient dans ses bras le petit garçon prénommé Julien, chair de leur chair, résultat d'un amour pur, sincère et libre.

Un grand amour qui apporte confiance, bonheur et équilibre, toutes ces choses qu'Eugène passa une vie à enseigner à Cassandre afin qu'elle sache les reconnaître le moment venu.

Cet homme, beau comme un dieu, doux, engagé et protecteur dans les bras duquel Cassandre s'enferme pour se cacher, dessine un sourire sur ses lèvres et des larmes de bonheur sur son visage.

Pierre lui a ouvert les portes du paradis. Il élève Faith comme sa propre enfant et lui apporte le soutien et l'amour inconditionnel sans pour autant remplacer son père.

Pierre, qui serre de toutes ses forces et chaque nuit Cassandre dans ses bras, lui offre enfin un sommeil plein de rêve et de merveilles. Le sommeil de l'enfant qu'elle ne cessera jamais d'être.

Cassandre garde au fond du coeur et de son âme, sans jamais trahir, son amour immense pour Eugène.

Cassandre vit de tout son coeur et de toute son âme, sans jamais trahir, son amour immense pour Pierre. Son mari Pierre, comme elle adore le nommer, lui donne la conviction qu'ils se connaissent depuis toujours et ainsi efface avec douceur un passé douloureux.

Pierre est très présent au sein de la famille, il est le pilier sur lequel elle vient se construire.

La famille de Cassandre petit à petit s'ouvre à lui et ne peut que reconnaître les immenses qualités de cet homme pétri d'amour. Il devient le beau-fils adoré, rassurant, le mari et le père modèle, courageux et fier.

Toujours à plaisanter, il apporte les rires qui manquaient à Cassandre. Investi de la mission de la protéger, il met tout son coeur de grand homme au service de celle qu'il n'a de cesse d'appeler l'Amour de sa vie.

Cassandre de son côté a l'impression de n'avoir connu que lui depuis toujours. Une rencontre d'âmes, un amour infini ? Evidemment.

Bien sûr, Cassandre aura encore bien des blessures qui soudainement s'ouvrent et la transportent dans la douleur, le manque, la peur, le souvenir d'Eugène, mais Cassandre ne garde plus le silence, en confiance c'est dans les bras de Pierre qu'elle se confie et cet homme immense la console, la comprend et la soutient. Il ne doute pas de son amour, il écoute et aime encore plus fort et petit à petit, les blessures de Cassandre se referment, Pierre, tel un orfèvre, les recouvre d'or...

Fin